句集

瓜の花

久保 昭

東京四季出版

序

人は皆、停年を迎えるとその後の長い時間の充実をどうするかというのが大きな屈託となる。

もうすでに何かライフワークとなるものを持っている人は、今後それを更に深耕する様に心掛ければいいわけだが、そうでない人は何かいい趣味を探すというのが一般的な話であろう。

久保昭さんも御多分に洩れず、地元の神戸市民センターの講座の中から軽い気持で俳句講座の入門講座を受けてみようと思ったそうだ。

だが、物事を一から習うというのは意外に辛抱が要るものである。それなりのキャリアを積んだ人の中には、この年でそんな初歩的なことはわかってるわい、と思う様な初歩的なこと、すなわち基本的なことの繰返しに辛抱ができず途中で止めてしまう人もいる。

昭さんはその点、すごく素直であった。いつも眼をキラキラと輝かせて私の話を聞いていた。後で知ったことだが初めて歳時記を買ってパラパラと頁を繰ったところ、意外にも農事の季語が多いのに驚いたという。そして何か懐かしさを感じたそうである。

聞けば、その少年時代を和歌山県の南部川《みなべ》村ですごしたそうだ。南部といえば梅である。南高梅と呼ばれ江戸時代からその名を全国に知られている。

また、紀の国（木の国）と呼ばれる通り「紀州備長炭」の産地でも有名だ。更には、古くから熊野詣で有名な熊野古道の入口でもあるそんなところの農家に少年時代の十年を過ごしたというのである。

だから歳時記を開いた時に懐かしさを感じたというのはよくわかる話だが、言い換えると歳時記を開いて懐かしさを感じるというその感性に驚きを感じるのである。

そのせいか、昭さんは「写生は五感でする」ということにも興味を持ったようだった。見るということが眼だけではなく、音を聞くことだったり、匂いを感じとったり、舌で味わったり、手で触れることだったりする、ということに新鮮な驚きを感じたようだった。

　五感による写生を、知識として身につける人は大勢いるが、それを新鮮な驚きでとらえるとなると、良い意味でそれは少し違うところに世界が展開されると思う。

　それは、姿勢の問題でもあるようだ。だから〝切れ〟という重要な問題も、二物衝撃という手法も、ああ俳句ってこんなに深いものなのか、と早い時期にそれを理解してくれたようだった。

　そして、何よりもよかったのは、昭さんが基本の繰返しを我慢強く耐えてくれて、安易な主観を決して句作りの糧としなかったことである。

　入門講座に一年、句会を中心とした講座に二年、いわば雌伏三年ともいうべき時間を、昭さんはひたすら基本に忠実であれと、俳句の土作りに励んだのである。

　だから「斧」に入って吉本伊智朗に出合うと、それ以後は水を得た魚のように、ふくらみのある俳句を見せてくれるようになった。

人日の水浴びてゐる籠の鳥
年縄に触れたる傘をたたみけり
土竜威鳴るや膨らむ苗障子
深熊野の雨粒粗き涅槃かな
幻月の天心にある桜かな

これらの句を見た伊智朗は「前はどこの結社にいてたんや」というので「いや、僕の講座だけや」というと、「これはえらい大型新人の出現やナ」と驚いてくれた。
そして「斧」入会わずか一年で新人賞の金斧賞を受賞した。

空海の道の日暮れて唐辛子
霊山の気を封じたる袋掛

草罠をさげて茅の輪をくぐりけり

藍甕の泡ふつふつと旱星

一峰にまだ日の残る魂迎

だが、これらは昭さんにとっては結果として足がかりにすぎなかったかも知れない。

瓜の花人ゐて人の気配せず

田の草の花咲く夏の終りかな

玉葱の吊す重さを影とせり

一句目、句集の題とした句だが、昭さんがそれまで秘めていた呼吸のようなものが噴きでようとしている、そんな予感がする。

一方、写生の姿も美しい。

打ち上げし藻屑の中の茄子の馬
木酢の香にまみれたる穴惑
草氷柱護摩の名残の煤嚙んで
鋤かれたるままに咲きたる薺かな
秋蟬の愚図り鳴きして落ちにけり
流鏑馬の一の矢逸れし柿の空

また伊智朗俳句の独自性に憧れて、新境地を開いたのが

天平の風をもらひて種茄子
近くより遠くが濃かり接木畑
濁り鮒仏眼まばたくことなくて
黴の香の筆の穂を嚙む遠目して
落鮎に星曼陀羅の夜となりぬ
掛鯛の息神鏡をくもらせる

がうがうと人焼かれゐる桜かな
芋虫を投げれば弾むかも知れぬ

などに顕著に見られる。

そして、今ひとつ注目したいのは、俗にいう季語の斡旋である。有季定型を遵守するのなら季語が動くような句作りをすべきではない。季語の本意を損なってはならない。その点、昭さんの作品のいずれも、その季語がごく自然にそこにあるし、またその季語によってあっと驚く展開を見せたりして、実に自在であるのに感嘆する。

これは吉本伊智朗との出合いによって昭さんが自得した世界なのである。その後、山朴集同人に推挙され、日ならずして山朴賞を受賞し山花集同人へと一歩前進し、着々とその自在の中で新しい境地を開こうとしている。

ここでは、初期の作品を紹介するにとどめたが、その後も味読して頂ければ、久保昭の世界を知って頂けると思う。

世に新人賞の数は多い。だがその制限が年齢によって決められていることがほとんどだ。しかし私は、俳句をはじめた時からの年月によって〝新人〟の枠を広げてほしいと思うのである。

そしてこの久保昭という、大型新人の出現をぜひともしっかりと評価して頂きたいと思うのである。

平成二十八年　初秋の草廬にて

はりまだいすけ

瓜の花◉目次

装幀　高林昭太

句集

瓜の花

うりのはな

平成十九年〜二十二年

年縄に触れたる傘をたたみけり

人日の水浴びてゐる籠の鳥

剪定や見馴れぬ鳥の来てをりぬ

洪水のありし堤を焼きにけり

土竜威鳴るや膨らむ苗障子

野焼して奥歯の痛みつづきをり

深熊野の雨粒粗き涅槃かな

蝌蚪生まる鉄気浮きたる捨て鍋に

花冷の中がらんだうなる埴輪

家鴨みな陸にあがりし花の昼

落花して沼に流れのありにけり
幻月の天心にある桜かな

犬の毛の刷子に絡む梅雨入かな

釉薬の大壺匂ふ作り滝

浮苗や熊野は雨の粗き国

喜雨の田に亀の足跡らしきもの

結界の縄すり切れし蛇の衣

旱天に松の匂ひの立ちにけり

川音の来てゐる夜の安居かな

蹄鉄を打つてゐるなり天の川

目の前をタンカー過る夜焚かな

碾臼の捨てられてゐる旱畑

大寺の風よく通る曝書かな

流星の焦げし匂ひの旱畑

金斧賞受賞作品　十句

空海の道の日暮れて唐辛子

霊山の気を封じたる袋掛

神の橋くぐる夜振を覗きけり

草罠をさげて茅の輪をくぐりけり

一峰にまだ日の残る魂迎

採石の山の痩せたる夏の月

盆のもの平家の海へ流しけり

打ち上げし藻屑の中の茄子の馬

藍甕の泡ふつふつと旱星

土の香の沸きたつ雨や早稲稔る

仰向けに舟塗る人や草虱

薄口の味にも慣れて後の雛

石棺の夢より出でし蝗かな

稲架の月大きく欠けてゐたりけり

篊の音杼の音蝗湧きゐる夜

天平の風をもらひて種茄子

末枯れて星美しくなりにけり

火口湖のつぶさに見えて囮籠

青き魚日向に売りて冬に入る

秒針の音ある夜の千鳥かな

舟小屋の釘打つ音や冬に入る

もたれ合ふ石の仏や冬桜

若武者の墓と伝へて返り花

玻璃越しに海を見てゐる風邪心地

北塞ぐ部屋に煮豆の匂ひかな

一隅を照らす聖樹を置きにけり

月光の沁みたる大根引きにけり

噴煙も島も浮かびて冬菜晴

平成二十三年～二十四年

淑気かな巨石に根付くものありて

雪解の水の鼓動にふれてみる

神の鯉動かず梅の匂ひけり

国訛の放送もして梅まつり

絵馬焼きし穴の濡れゐて二月尽

梅の枝を焚きし野点や事祭

石室は地中にありて巣鳥鳴く
銅鐸の音に紛れず鳥の恋

駒返る草に埴輪の叫び声

灯に暈《かさ》を嵌めたる夜の苗木市

木の橋の音やはらかき涅槃講

霊木に吸ひ込まれたる鳥の恋

磧湯のあふるるままに山桜

はくれんの高きが昼の月つかむ

鳥雲に入るや朝風呂抜く匂ひ

「斧」初巻頭　二句

瓜の花人ゐて人の気配せず

玉葱の吊す重さを影とせり

仕上砥の音移りゆく浮巣かな

船料理運河は水の動かざる

背凭れに背の馴染みたる船料理

山姫におこぜの絵馬を祀りたる

鍛冶埃吸ひ仙人掌の花真赤

浄め塩置きたる力石灼くる

夜雲灼く小舟ばかりの船溜

あかときの水の疲れや水中花

一つ葉の巌打つ雨の烟りたる

地蔵会の灯して暗き運河かな

田の草の花咲く夏の終りかな

日々太る糸瓜や神の井戸昏く

秋意ふと一草もなき首塚に

稲妻や尾より逃げ出す魚籠のもの

てのひらに八朔の蟻やはらかし

見えてゐて鎮守は遠し稲筵

茸山を知り尽したる長者かな

松茸を秘薬のごとく頒ちけり

絵踏みするごとく毒茸踏みにけり

ばつた跳ぶ日ぞ御食つ島近づきて

用済みの案山子並びて慈顔なる

何もかも納屋に押込め秋祭

馬追の声の先なる北斗かな

人声に似たる風吹く穭晴

風探す高さとなりし穭かな

木酢の香にまみれたる穴惑
やまびこの光となりて穭田に

柿渋の染みのつきたる農日誌

屋根草の穂先ひかりて寺は冬

黒々と高畝ひかる亥の子かな

地震の碑に海鳥止まる清盛忌

天心を蹴上げて觝死に至る

山姥が来るぞ北窓塞がねば

師走の神戸刑務所跡を通る

雪もよひ洗心橋を渡りけり

河豚鍋に裏の山鳴りしきりなる

大魚籠の冬至の庭に置かれあり

釣銭の笊を揺らして年逝かす

極彩の欄間に年の煤埃

水もまた明かりとなるや餅浸けて

梢とは音を出すものの寒見舞

真言の井に冬眠のかたつむり

火を恐れつつ探梅に火を熾す

塩の道地図にはあらず寒芒

霊峰の襞を彫りたる寒夕焼

子午線を猪狩人の北上す

草氷柱護摩の名残の煤嚙んで
庭の実の食べつくされて日脚伸ぶ

平成二十五年〜二十六年

ご神灯並べすみずみまで正月

甲冑の口ゆるびたる女正月

雪解の音のしてゐる縄作り

地虫出づ穴の昏さの影を持ち

近くより遠くが濃かり接木畑

接木して湖は白帆を増やしけり

種選む背ナに山気の重くなる

発電の水の余勢に辛夷咲く

牛の爪切るや辛夷の山に雨

朝月を溶かし白魚の潮のぼる

杉菜抜く音にならざる響きあり

毟りたる鶏の毛からむ杉菜かな

フランスに遊ぶ　六句

炉を塞ぐ狩の絵のある石の部屋

鷹鳩と化し虐殺の城ゆるぶ

りんご酒の琥珀を春の色とせり
画家の路地セピア色なる春落葉

遠足の子らセザンヌの絵の下に

砲台の洞より出でし巣立鳥

山門を今日近く見る野焼かな

鮠釣によき濁りなり花辛夷

川魚を甘く煮つめて涅槃の日

涅槃通夜土竜の穴につまづきて

砲台の崩れし跡の痩せ蕨

船板を踏み鳴らしてぞ春遊び

落慶の餅とんでくる花なづな

代田搔く畦に焦げたる海の貝

跳ねるもの多き田の畦塗りにけり

濁り鮒仏眼まばたくことなくて

活断層走る田の畦焼きにけり

仏間には仏間の匂ひ野火猛る

新茶の芽翅うすき虫来て止まる

鋤かれたるままに咲きたる薺かな

海光の寺総立ちの松の芯

その先は光となりし大干潟

卒塔婆焼く煙黄砂にまぎれずに

別れ霜仏間の暗さ掃き残す

イスラエル紀行　七句

草青む嘆きの壁の祈り声

北窓を開き磔刑像仰ぐ

聖堂の開かずの窓の古巣かな

復活の浜に拾ひし桜貝

地雷跡しるす赤旗春の山

コーランは地に伏す祈り鳥雲に

旱川歴史は紀元前のこと

鷹巣立つ空に断崖ありにけり

稚魚の彩はなやぐ卯の花腐しかな

見上げたる難所やそこに山法師

山法師咲く方に山かたむけり

草笛を吹き疲れたる花眼かな

艪の音の近づきつつに端居かな

紫陽花のぶつかり合ひて色を変ふ

曇り空いつまで鮎の淵にほふ

明日植うる田をひとまはりして帰る

田を植ゑて水音総き夜となりぬ

杉玉の褪せて祭の近づきぬ

梅雨出水星の大きな夜となりぬ

芍薬の散るといふより崩れ落つ

石刻む音の弛まぬ名越かな

日の丸を新調したる祓かな

夭逝の野墓に青田いきれの風

釣竿をたたみて柚子の花暮れず

七日盆畑に痩せたる畳焼く

柚に花のつきて海鳴り遠くあり

黴の香の筆の穂を噛む遠目して

木槿落つ火食の跡の濃き石に

飛魚焼く眼に空の色のこし

潮いたみせる鶏籠も南風の中

藻草刈るその夜の引戸石噛んで

乾きたる刈藻に雨を呼ぶ匂ひ

石も神滝のしぶきを浴びたれば

桐の花うつらうつらと井戸錆びて

蒔かぬ種生えし箱庭の砂場
箱庭に松は窮屈かも知れぬ

天牛鳴く曼陀羅絵図の煤の壁

蚊柱や運河は病めるにほひして

一鵜病む岩しろじろと川湊

白壁に鍾馗貼りつく溽暑かな

ひとすぢの風に火を継ぐ虫送り

盆来よと竹は真青の色を増す

迎火を橋ある家は橋で焚く

魂送り済みたる部屋の広さかな

送り火の闇海鳴りを誘へり

一本の縄もて仕切る地蔵盆

八朔の木の香まとひし船大工

ぽつくり死願ふ絵馬あり鶏頭花

秋澄むや仏具屋にある火打石

早稲熟るる山のてつぺんからの雨

水澄みて石にも貌のありにけり

水引の花より細き日照雨かな

稲びかり土竜の穴を暴かんと

畑のもの畑に燃やして野分待つ

歯切れよく秣食む牛野分前

胡麻殻の弾ける力叩きけり

胡麻筵踏ませて縁に招きけり

葡萄棚熟るる匂ひのある暗さ

藍甕の闇こほろぎを鳴かすため
掛稲の濡れ色となる月明り

洞窟に祠嵌めたる葉月潮

陸のもの漂うてくる根釣かな

海山の鳥来る畑の蔓たぐり

屋根板に海の石置く芋嵐

屋敷神祀る新藁打ちにけり

落鮎に星曼陀羅の夜となりぬ

望の夜の音たつ豆の落し蓋

水漬きたる廃舟菱の実をつけて

年輪を断つ大鋸のひややかに

蓬髪の山ぞ木菟よく鳴きて

木菟の薄暮の声を背負籠に

新涼や木の芯に棲む水の音

今過ぎし馬遠くなる曼珠沙華

神饌の箸輝いてゐる虫の闇

落鮎の身をつらぬきし瀬の光

艀にも神棚ありてちちろ跳ぶ

秋蟬の愚図り鳴きして落ちにけり

土竜道あたりもつとも虫の闇

埋墓に鶏頭色を尽しけり

田仕舞の家に古りたる魔除札

神籬を囲ふ猪垣継ぎ足して

雉鳩の声を間近に猪垣結ふ

煮こぼれの生薬に冬立ちにけり

赤き実の透けて見えたる亥の子かな

甌穴にふくらむ亥の子晴

焼入れの音に臘梅真つ盛り

次の間に日の当たりたる小春かな

川涸を促すさざれ水の音

蟷螂の怒り解ければ枯れゆかむ

首塚の落葉ゆすりて動くもの

鷹舞ふや海ささくれてゐるばかり

枝打ちて打ちつぱなしにしてありぬ

動かざる海鼠を指で突いてみる

白菜のみなぎる力括りけり

括りたる白菜うすき日を集め

煮魚の骨やはらかき時雨かな

塩壺に塩を継ぎ足す冬至の夜

お位牌の一つ増えたる煤払

鳥籠に布を掛けたる聖夜かな

髪結ひて顔のさびしき雪眼かな

箕に採りて裏白すでに神のもの

歳晩の折れたる櫂を焚きにけり

継ぎ足しの籬あたらしき年の暮

餅網の餅ふくらめば転びたる

川痩せて干大根の漬けごろに

蓮枯れて池の水どこへも行かぬ

山鳴りを入れて献上紙を漉く

ゆるびたる歩板を踏みて寒施行

平成二十七年〜二十八年

掛鯛の息神鏡をくもらせる

妹山と背山の間の恵方かな

傀儡の魂抜かれたたまるる

置石の亀の乾けり女正月

大桶の醪つぶやく余寒かな

柿接ぎて山総立ちの風起こる

山出しの木の香するどき雪解かな

岩鼻のあたりもつとも春めける

蕗の薹摘む山姫にひざまづき

畦塗るや棚田の光搔き寄せて

草の名を聞いて忘るる春遊び

畦焼の日当たるところより初む

水口に疲れの見えし畦火かな

垣越に茶殻捨てたる涅槃の夜

涅槃図の後ろ波音たけだけし

お涅槃の川虫石を離さずに

三月の海は光の外にあり

棕櫚の木のひたすら高き受難節

艪の音の足より湧きし袋掛

水占や恋定まらぬ鳥のゐて

がうがうと人焼かれゐる桜かな

人形の白首干され大根咲く

蜂の巣の気を封じたる火消壺

豊頰の仏薄目や卯波光

花冷の埴輪の長き首飾

揚舟の落花の淦を汲みにけり

金色の光源甘茶仏濡れて
木の十字朽ちたる墓の朧かな

宮水の細りしところ蜷の恋

点滴の手が冷ゆ花の夜なるを

石仏の影百態のおぼろかな

貌鳥の空をまぶしみ退院す

五円玉ばかり供へて春惜しむ

オランダぶらぶら　五句

かぎろひし運河は船を揺らしつつ

風車いま夏立つ風を起こしけり

朧夜のリボン揺れたる飾り窓

この古城知りつくしてや亀の鳴く

底抜けの空引鴨の声のこす

雨脚の初め不揃ひあめんぼう

竹の子を掘るなと竹は言うてゐる

醜草の薬臭いよよ走り梅雨

捥ぎたての瓜揉む雨は本降りに

白蓮の開かむとする息づかひ
一村は同じ水系鳧啼いて

夜は夜の光まとひし青山椒

箍ゆるぶごと牡丹の崩れやう

夜をかけて窯の火を守る名越かな

明王の火焔にふれし天道虫

実梅落つ義民の墓のその照りに

土用芽や薬臭いよよ強き畑

土用波夜気あをあをと雲ふやす

山女釣鳥は嗄れたる声もらし

山女釣る雲崩れゆく静けさに

魔除札戸口に貼りて昼寝村

山車蔵の釘の浮きたる油照

藻いきれの海辺に人のなき祭

餉のあとのまどろみ癖や夏休み

立秋の窯鳴りに耳聡くして

盆支度すみたる海の白さかな

辻売の干魚の匂ふ展墓かな

護摩の煤ふはふは八朔の皿に

粉ふきし山車の扉も厄日なる

親しきは厄日過ぎたる海の鳥

憎まるる色よ芋虫うすみどり

畏れずに毒茸生ひぬ埋墓に

流鏑馬の風を待ちたる草の絮

流鏑馬の一の矢逸れし柿の空

浮塵子くる造り酒屋の香を吸うて

胡麻熟るる和讃のごとき潮鳴りに

胡麻殻の瞬きに似て種こぼす

窯鳴りは虚空にありてきりぎりす

毬栗の一枝挿したる窯場かな

騒ぐ竹伐る海鳴りを鎮めんと

乗船にすこし間のある菜虫とり

罠一つ掛けてぞ瓜の蔓たぐり
啄木鳥の音落日を離さずに

山姫の僕《しもべ》たらんと鹿鳴けり

雁渡し抜かれて長き木偶の首

稲の穂に触れねば畦を横切れぬ

潮の香の運河に棲みて菊作り

鰡とんで清盛塚の贄となる

秋澄むや山に張りつく登り窯

見ゆるものみな紫に鯊の潮

馬臭濃き刷毛よ束子よ秋の声

芋虫を投げれば弾むかも知れぬ

捨舟の魚臭うすれて小鳥来る

潮見翁小鳥来る日は空を見る

故吉本伊智朗先生を偲んで
木守柿極楽色となりにけり

馬肥えて実を結ぶ草弾く草

足音に似たる水音冬に入る

地卵の手にあたたかし猟期来る

神旅へ田の切藁を吹き上げて

卓袱台の足の浮きたる亥の子かな

たましひを焙るがごとく霜の榾

葱に土寄せ子午線の山仰ぐ

北塞ぎ地獄絵の赤いよよ増す

地獄絵の赤めらめらと隙間風

大綿にまとはれ神の橋わたる

綿虫にただよふ重さありにけり

とれたての野菜を庭にお取越

羽搏きて白き影消す浮寝鳥

銛錆びて鯨の海は遠くあり

警策の音冬眠の山ゆする
雲とんで落葉しぐれは金色に

抜け道が賑はつてゐる七五三

罠かけてあり虫喰ひの冬菜畑

川瘦せて醜草太る師走かな

竹軋む音闇にあり冬至風呂

海光といふ冬薔薇に添ひしもの

冬の薔薇散つて鉛のやうな海

天井の仏画うすうすちやんこ鍋

綿虫や罠にかかりしものの暴れ

冴ゆる夜の風に哭く木と眠る木と

鉄橋の音涸池の鯆ふやす

年の尾の風音を聞き塔は立つ

年の湯の山まろやかにうすうすと

病む牛の寒の山気をまとひけり

麦の芽のあをあを自噴水躍る

探梅や由緒の井戸と疑はず

探梅の岬は怒濤もて応ふ

春待つや砂よりまなこ出す魚

炉名残や家霊は煤にまみれたる

あとがき

俳句に興味をもって約十年が経過した。

又、俗に後期高齢者と言われる七十五歳の誕生日を今年迎えることになり、これを機会に記念として句集の発行を思いついた。

実力も俳歴もない未熟者と知りながら、大胆にも師のはりまだいすけ「斧」主宰にご相談したところ快諾いただき、更に身に余る序文まで賜った。衷心よりお礼申し上げたい。

わずか十年足らずの俳歴の間、二人の主宰に師事した。故吉本伊智朗主宰には「自分の目で見、自分の言葉で語れ」と独創性を学び、はりまだいすけ現主宰には入門以来一貫して指導を賜わっているが、特に「俳句の格調」に感銘を受けている。作品の中に両師の影響が多少なりとも見受けられれば望外の喜びである。

この句集には農村風景・農事がかなり詠まれているのは、所属結社「斧」の拠点が全国一の酒米「山田錦」の本場、三木市吉川町なれば当然と言えるが、実は私にも農事体験がある。

　太平洋戦争の始まった昭和十六年大阪市で生れ、その年にすぐ父が召集で中国大陸に出征。五年余にわたって広大な大陸を転戦し、昭和二十一年ようやく復員した。帰還したとき歴戦の疲労から体調を崩しており、復職もままならぬ状態。その内に弟妹が次々と生れ、一家五人はたちまち生活苦に陥る。当時小学校三年だった長男の私は、父の体力回復次第引き取るとの約束で農業を営む母の実家に預けられる事になる。その里が和歌山県日高郡南部《みなべ》川村（現南部町）という南部川の中流にある村である。

　そこは「南高梅」という銘で知られた日本一の梅の産地。早春には周囲の山が梅の花で真白に染め尽くされる。すぐ上流には「紀州備長炭」で名高い清川地区の炭窯の煙があちこちの山から立ち昇る。下流は太平洋に面した南部町。ここには古来熊野詣の人達が往来したと言われる熊野古道があり有名な歌碑も残っている。今思えば句材満載の環境に居たことになる。

　すぐに帰る予定が父の呆気ない死により、結果高校卒業までの十年間この地で過ごす事になる。その間いろいろな農事も体験した。多感な少年時代の出来事である。俳句の世界に入り、吟行等で農村風景に出合うと少年時代の里の風景が重なって浮かんでくる自分を発見した。いつしか俳句は私の追憶の具になってしまったようだ。俳句で追体験の入り混った、実とも虚とも言えない奇妙な過去の世界に己を投げ入れ、それを楽しんでいる自分がいる。

句集名「瓜の花」は「斧」初巻頭句「瓜の花人ゐて人の気配せず」からとった。その理由は、私のこれまでの俳句人生の中で最も印象深い一句であると同時に、瓜の花のもつ淡い雰囲気が、私の追憶に色どりを添え、本句集にふさわしいと思ったからである。

今回初句集で不慣れなところ懇切なご指導を賜った西井洋子・北野太一様には厚くお礼を申しあげたい。

最後に私の老後に何か趣味を持てとアドバイスしてくれた妻にも感謝したい。

平成二十八年十一月十日

久保　昭